Secret Kingdom

Muchas gracias a
Linda Chapman.

Primera edición: febrero del 2016

Título original: *Magic Seal*
La edición original en inglés fue publicada en 2013 por Orchard Books

Corrección y maquetación: Qüestions

Edición: Iago Fernández
Dirección editorial: Iolanda Batallé Prats

La Galera, SAU Editorial
Josep Pla, 95
08019 Barcelona
www.lagaleraeditorial.com

Impreso en Liberdúplex
Ctra BV-2249, km 7,4
Pol. Ind. Torrentfondo
08791 Sant Llorenç d'Hortons

Depósito legal: B 27806-2015
Impreso en la UE
ISBN: 978-84-246-5739-0

La Foca Mágica

ROSIE BANKS

Traducción de Diego de los Santos

laGalera

Secret Kingdom

Mares Nevados

Índice

¡Se acabó el cole!

—¡Agarraos fuerte! —exclamó Paula mientras empujaba a Rita y a Abril en el tiovivo del parque de Valledulce.

—¡Más deprisa! —gritó Abril.

Paula le dio al tiovivo un último empujón bien fuerte y se montó ella también. Abril se puso a chillar mientras daban vueltas.

Mientras miraba el cielo azul, Paula se echó a reír, tenía la sensación de que iban a seguir dando vueltas eternamente, pero poco a poco el tiovivo se fue parando hasta detenerse por completo.

Abril se bajó de un salto.

—¡Me encantan los tiovivos!

—Y a mí —contestó Rita, muy contenta.

—¿Sabéis a qué me recuerdan? —preguntó Paula.

—¡Seguro que lo adivino! —dijo Rita. Miró a su alrededor, pero no había nadie cerca que pudiese oírlas—. ¿A cuando nos vamos volando a Secret Kingdom? —susurró.

—¡Sí! —contestó Paula asintiendo con la cabeza.

Las tres amigas visitaban a menudo una tierra mágica llamada Secret Kingdom, gobernada por un simpático soberano llamado rey Félix y rebosante de increíbles criaturas mágicas, como duendes y unicornios. Siempre que viajaban allí, Trichi, el hada real del rey Félix, se las llevaba volando en una nube centelleante que las hacía girar una y otra vez... ¡igual que el tiovivo, pero cien veces mejor!

—Ojalá recibamos pronto otro mensaje de Secret Kingdom —dijo Abril—. Las vacaciones de mitad de trimestre serían el momento perfecto para vivir aventuras, ya que vamos a pasar mucho tiempo juntas.

A Rita le brillaron los ojos.

—Es verdad, aunque cualquier momento es perfecto para vivir aventuras.

—Deberíamos volver a mi casa para echarle un vistazo a la Caja Mágica —comentó Paula—. Podría estar esperándonos un mensaje.

El rey Félix había inventado una caja mágica que enviaba un enigma a las chicas cada vez que requerían su presencia en el reino. Normalmente era porque la reina Malicia, la hermana malvada del rey, estaba tramando algo malo. ¡Estaba decidida a provocar desgracias hasta que Secret Kingdom cayese en sus manos!

Las chicas fueron corriendo a coger las mochilas del colegio y luego echaron a andar hacia la casa de Paula.

—¡Una semana entera sin cole! —exclamó

Abril, muy contenta, girando sobre sí misma sin dejar de andar.

—Creo que ya sé qué aprenden los elfos de Secret Kingdom en el colegio —dijo Rita con una sonrisa.

—¿Qué? —preguntó Paula.

—¡Pues el *elfobeto*! —contestó Rita.

Paula y Abril protestaron a coro.

Rita soltó una carcajada.

—¡Vamos! —dijo, y salió corriendo—. ¡Os echo una carrera!

La madre de Paula, la señora Costa, les abrió la puerta.

—¡Hola, chicas! ¿Qué tal el último día de clase? Hay limonada en la nevera y acabo de preparar palomitas.

—Gracias, mamá —dijo Paula—. ¿Podemos llevárnoslo arriba?

—Claro —contestó su madre.

Paula, Rita y Abril se llevaron las bebidas y el cuenco de palomitas al piso de arriba. Por la ventana abierta podían oír a los hermanos pequeños de Paula jugando en el jardín. La habitación de Paula estaba llena de pósteres de animales. Había un montón de libros apilados en dos estantes y una alfombra blanca, suave y esponjosa, en el suelo. Sobre la cama había una gatita negra hecha un ovillo.

Paula se acercó corriendo y le dio un beso.

—¡Hola, Rosa!

Rosa se puso a ronronear y Paula le acarició el suave pelaje.

—Qué raro que no estés en el jardín. Parece que últimamente te gusta mucho mi cama.

Rosa restregó la cabeza contra la mano de Paula. En su collar tintincaron tres colgantes.

Abril tocó suavemente los colgantes relucientes. Uno tenía forma de corazón, otro de flor, y el último de corona.

—Los colgantes mágicos de los Animales Guardianes —dijo en voz baja—. Tenemos que devolvérselos a los tres Guardianes que faltan antes de que pasen más cosas malas en Secret Kingdom.

Las tres chicas se pusieron serias al recordar qué había sucedido en el reino durante su último viaje.

Una vez cada cien años, el simpático rey Félix utilizaba el Libro Secreto de los Hechizos para hacer salir a cuatro Animales Guardianes de un escudo mágico. Los Guardianes eran un perrito, una foca, un ave y un cachorro de león, y su cometido consistía en recorrer mágicamente Secret Kingdom y repartir diversión, simpatía, amistad y valentía por el camino. Después de recorrer todo el reino, los Guardianes regresaban a su escudo durante otros cien años.

Unos días antes, las chicas habían acudido a Secret Kingdom para ver cómo llamaban a los Animales Guardianes y unirse a la celebración, pero había sucedido algo horrible: ¡la reina Malicia había lanzado una maldición contra los Animales Guardianes! En lugar de repartir simpatía, valentía, amistad y diversión, ahora repartirían lo contrario adondequiera que fuesen: mezquindad, cobardía, enemistad y tristeza.

Cuando los Animales Guardianes desaparecieron por todo el reino, sus colgantes mágicos se quedaron sin dueño, así que Paula los prendió del collar de Rosa para ponerlos a buen recaudo. Las tres amigas ya habían logrado encontrar a uno de los Animales Guardianes —el Perrito Guardián—, y en cuanto volvieron a prender el colgante en su collar, el perrito se libró de la maldición de la reina. Pero ¡la foca, el león y el ave seguían bajo su malvado hechizo! El rey Félix había prometido a las chicas que les enviaría un mensaje en cuanto Trichi y él hubieran averiguado dónde estaban los Animales Guardianes que faltaban. Entonces Paula, Rita y Abril podrían intentar devolverles sus colgantes.

—¿Dónde está la Caja Mágica? —preguntó Rita.

Paula tiró de una bolsa que había debajo de la cama.

—Aquí —contestó, y sacó la caja de la bolsa. La caja tenía grabados de unicornios y sirenas y estaba tachonada de gemas.

La tapa estaba cubierta por un reluciente espejo.

Abril se la quitó a Paula y acarició su superficie de madera.

—Ojalá recibamos pronto otro mensaje... —dijo, pero soltó un grito y dejó la frase sin terminar. ¡La caja había empezado a brillar!—. ¡Hala! —exclamó—. ¡Mirad!

Unas palabras doradas comenzaron a arremolinarse sobre el espejo de la tapa. Con el corazón a punto de salírsele del pecho, Paula se levantó de un salto y cerró la puerta. No quería que entrase nadie.

Rita leyó las palabras en voz alta:

La Guardiana a la que buscáis con brío
está cerca de un mar profundo y frío.
Para encontrarla debéis viajar sin recelo
a una tierra cubierta de nieve y hielo.

La tapa se abrió con un intenso fogonazo. Un mapa salió volando de uno de los seis compartimentos de la caja. Al cerrarse de nuevo, el mapa se quedó flotando entre las chicas y se desplegó solo para mostrar una imagen en movimiento de Secret Kingdom: las banderas ondeaban en las torres del Palacio Encantado, los unicornios

correteaban por verdes prados y las abejas de las burbujas zumbaban al volar alrededor del Volcán de las Burbujas. El mapa crujió un poco, como si estuviese invitando a las chicas a que se acercasen.

Paula, Rita y Abril, emocionadas, intercambiaron una mirada: ¡otra aventura estaba a punto de empezar!

Mares Nevados

—¿Adónde creéis que tendremos que ir esta vez? —preguntó Rita. Siempre que las chicas recibían un mensaje, lo primero que tenían que hacer era resolver el enigma y averiguar a qué lugar de Secret Kingdom hacía referencia.

—No estoy segura —contestó Abril, indecisa.

Rita miró en la parte alta del mapa, donde había una imagen de un escudo dividido en cuatro partes. Era igual que el escudo de los

Guardianes que se conservaba en el palacio del rey Félix. En una de las partes del escudo se veía la silueta de un perrito. Dos de las otras partes estaban empañadas y borrosas, pero la última parte resplandecía con una extraña luz muy brillante.

Se acercó a mirarlo más detenidamente. No se veía ningún animal en la imagen, pero sí había una silueta reluciente allí donde debía estar el Guardián. Las chicas vieron copos de nieve que caían y cristales de hielo formándose alrededor de los bordes de la imagen.

—¿Pensáis que se trata de otra pista? —preguntó Rita.

—El enigma dice que tenemos que buscar un lugar frío donde haya mar —contestó Abril—. A lo mejor el escudo nos está dando la pista de que también es un lugar nevado.

—¿Qué opináis de este lugar? —dijo Paula. Había estado examinando el mapa y ahora señalaba hacia el norte, donde había montañas cubiertas de nieve, bosques de pinos y una inmensa extensión de tierras nevadas. Rodeando todo aquel territorio había un mar oscuro donde flotaban témpanos de hielo. ¡Menudo frío debía de hacer allí!

—«Mares Nevados» —leyó Rita en un pequeño letrero que había junto a la imagen.

—¡Seguro que esa es la respuesta al enigma! —aventuró Abril.

Las chicas colocaron las manos sobre la caja.

—¡Mares Nevados! —dijeron a coro.

La tapa de la caja volvió a abrirse con un intenso fogonazo, pero esa vez sonó un tintineo. Con una lluvia de chispas, una diminuta hada salió volando sobre una hoja.

—¡Trichibelle! —exclamó Paula.

Trichi pasó volando alrededor de sus cabezas y se quedó flotando sobre el mapa. Llevaba un abrigo rosa ribeteado de piel, unas cómodas botas también de color rosa y, sobre su mata de pelo rubio, un gorro rosa con ribete de piel.

—¡Hola, chicas! —dijo con un timbre de voz

que sonó como la plata—. ¿Estáis listas para vivir otra aventura?

—¡Pues claro! —exclamaron Rita, Paula y Abril.

—Bien —contestó Trichi, aliviada—. Porque los animales que hay junto a los Mares Nevados parecen muy tristes. Estoy segura de que tiene algo que ver con uno de los Animales Guardianes. El rey Félix y yo pensamos que uno de ellos ha debido de viajar hasta allí y que su magia invertida está causando problemas. ¡Necesitamos que vengáis a ayudarnos!

Paula miró atentamente el escudo del mapa.

—La silueta que se ve en la parte nevada parece la de una foca —dijo, pensativa—. Y la foca es la guardiana de la simpatía.

—Deberíamos hablar con las sirenas que

viven en los Mares Nevados —respondió Trichi—. Ellas son las que cuidan de todos los animales y criaturas mágicas en esa parte de Secret Kingdom. A lo mejor saben qué es lo que está pasando. ¿Estáis listas?

—¡Sí! —exclamaron al unísono.

De pronto, a Abril se le pasó una idea por la cabeza.

—¿Y qué pasa con la ropa de abrigo, Trichi? En los Mares Nevados tiene pinta de hacer mucho frío. ¿Cogemos abrigos y guantes?

A Trichi le brillaron los ojos.

—No os preocupéis. Utilizaré mi magia para asegurarme de que vais vestidas con ropa bonita y calentita.

Las chicas se miraron emocionadas. ¡Les encantaba que Trichi utilizase su magia para vestirlas!

Abril dio la mano a Paula y a Rita.

—¡Pues vámonos!

—No, esperad —dijo Paula de pronto. Corrió para coger en brazos a Rosa, que maulló sorprendida—. Tenemos que ir con Rosa. ¡Lleva los colgantes de los Guardianes en el collar!

Paula se acercó a sus amigas con Rosa en brazos. La gata miró a Trichi con interés, pero no ofreció resistencia ni intentó bajarse de un salto. ¡Parecía saber que iba a volver a Secret Kingdom!

Trichi le dio un golpecito al anillo que llevaba en el dedo y recitó:

Magia, llévanos volando por el cielo
a donde el mar baña la nieve y el hielo.

Del anillo salieron volando unas chispas plateadas que envolvieron a las chicas en una nube resplandeciente. Notaron que algo las levantaba y las hacía girar una y otra vez en el aire. ¿Dónde aterrizarían?

A Rita se le escapó un grito al darse cuenta de que estaba sentada en un suave asiento acolchado. Las chispas se desvanecieron y el aire se llenó de pronto con el tintineo de cascabeles y el golpe amortiguado de cascos en el suelo.

—¡Vamos en trineo! —dijo Abril.

—¡Y mirad quién tira de nosotras! —exclamó Paula, muy contenta.

Un hermoso caballo alado blanco tiraba del trineo por un prado nevado. Paula se percató de que su uniforme del colegio había desaparecido y que ahora llevaba una cómoda chaqueta amarilla con capucha afelpada. Se tocó la cabeza y miró a sus amigas. ¡Sí! ¡Llevaban puestas sus preciosas diademas!

Las diademas aparecían siempre que las chicas llegaban a Secret Kingdom para que todo el mundo viese que eran Amigas Muy Importantes del rey Félix.

Rita llevaba una chaqueta de lana morada con botas a juego y Abril estaba envuelta en una espectacular bufanda de color rosa oscuro con guantes a juego. ¡Hasta Rosa llevaba una chaqueta calentita con botas a juego para protegerse las patas de la nieve! Olisqueó las botas con curiosidad y, acto seguido, miró a Paula. Esta la besó en la cabeza.

—¡Tranquila, ya te acostumbrarás! —le comentó, muy contenta al ver que Rosa las acompañaba en otra aventura en Secret Kingdom.

El caballo relinchó.

—Copo de Nieve os está saludando —dijo Trichi. El hada había aterrizado en la parte delantera del trineo y ahora se giraba para mirar a las chicas, que ocupaban todo el asiento—. Es un caballo volador.

—Es precioso —susurró Paula.

El caballo llevaba las alas plegadas mientras galopaba sobre la nieve.

—Este lugar es increíble —dijo Abril, mirando el paisaje que las rodeaba.

Todo resplandecía y centelleaba, y el hielo y la nieve brillaban al sol. Salieron del prado nevado y entraron galopando en un bosque de pinos. Inmediatamente las envolvió el aroma a agujas de pino.

Entre los árboles, el paisaje era más oscuro y tranquilo. Unas ardillas blancas trepaban

por los altos troncos de los árboles. Un zorro plateado de grandes orejas puntiagudas pasó corriendo a su lado y se detuvo para saludarlas con la pata mientras ellas seguían avanzando a toda velocidad.

Entonces Abril vio algo que la hizo gritar.

—¿Qué es eso?

Entre los árboles había una inmensa figura plantada sobre dos piernas. Tenía un tupido pelaje blanco cubierto por una capa de escarcha y unos ojos negros como el carbón debajo de unas grandes cejas blancas muy pobladas.

—Es un gigante de hielo —contestó Trichi—. Los gigantes de hielo tienen poderes mágicos. Pueden fabricar hielo con las manos y crear cualquier forma con él. Contribuyen a que esta parte del reino siga siendo fría y glacial.

—¡Da un poco de miedo! —dijo Paula.

—No os preocupéis. Los gigantes de hielo son muy simpáticos —respondió Trichi—. Lo que pasa es que no están acostumbrados a ver a mucha gente por aquí.

Copo de Nieve relinchó y salió del bosque galopando aún más rápido. Abrió sus grandes

alas y, al despegar, las arrastró consigo hacia el cielo azul.

—¡Estamos volando! —exclamó Abril—. ¡Yupi!

A Rita no le gustaban las alturas y se agarró al asiento, muy nerviosa, pero el caballo volaba con suavidad; además, tener a Abril y Paula a su lado le hizo comprender que no tenía nada que temer.

Copo de Nieve sobrevoló la llanura en dirección al mar, que se veía al fondo. Cuando llegaron a la orilla, bajó volando y aterrizó junto a un resplandeciente palacio hecho de hielo. Las paredes brillaban y las torres estaban decoradas con estrellas de mar grabadas en el hielo. El palacio estaba construido justo en la orilla y sus muros caían a plomo sobre el mar.

—Este es el palacio de Lady Frida —dijo Trichi—. Lady Frida es la soberana de las sirenas del hielo. Su palacio

llega hasta el fondo del mar. Casi todas sus habitaciones están por debajo del nivel del mar, pero a veces a las sirenas del hielo les gusta subir a los niveles superiores y estar cerca de la tierra.

El hada se elevó volando sobre su hoja y las chicas se apearon del trineo. Paula se acercó a Copo de Nieve para darle una palmadita. El caballo agachó la cabeza y le acarició el pelo con el hocico.

—Gracias por el paseo —le dijo, y el caballo resopló suavemente.

—Ya puedes volver a casa, Copo de Nieve —añadió Trichi—. Muchas gracias por traernos hasta aquí.

El caballo meneó la cabeza, dio media vuelta y echó a galopar hasta que despegó y se llevó el trineo por los aires. Las chicas hicieron adiós con la mano y se volvieron hacia el castillo. Ante ellas se alzaba una puerta con tallas de conchas y sirenas.

—¿Llamamos y ya está? —preguntó Abril al ver una enorme aldaba dorada con forma de pez.

Trichi asintió con la cabeza. Abril dio un paso al frente y agarró la aldaba. La golpeó varias veces y esperó, pero no acudió nadie.

—Qué raro —comentó Trichi—. A lo mejor las sirenas del hielo están todas en las habitaciones submarinas. Podríamos bajar buceando para comprobarlo.

Paula miró el mar oscuro. Parecía muy frío y no le apetecía nada sumergirse.

—¿De... de verdad tenemos que hacerlo? —preguntó, insegura—. El agua tiene pinta de estar helada.

Trichi la besó en la mejilla.

—No te preocupes. Si uso un poco de magia, no notaréis el frío y podréis nadar perfectamente. Claro que eso supone tener que transformaros en otra cosa...

—¿En qué cosa? —preguntó Rita, preocupada.

—¡En sirenas! —contestó Trichi con una sonrisa.

La magia de las sirenas

Las chicas se quedaron mirando a Trichi.

—¿De verdad puedes hacer que nos convirtamos en sirenas? —preguntó Abril, sorprendida.

Trichi asintió con la cabeza.

—Pero solo por un tiempo limitado. Mi magia también os permitirá entender a todos los animales submarinos.

—¿Y qué pasa con Rosa? —preguntó Paula, preocupada—. No podemos dejarla aquí.

—¡Claro que no! Puede acompañarnos —contestó Trichi.

—¿También vas a transformarla en una sirena? —dijo Paula, asombrada.

—No —respondió Trichi con una sonrisa—. Pero puedo proporcionarle un medio de transporte cómodo y seco. Tráela a la orilla y te lo mostraré.

Todas avanzaron deslizándose por la nieve hasta llegar a la orilla. Trichi le dio un toquecito a su anillo y recitó:

Anillo mágico, una burbuja crea
para que Rosa viaje como ella desea.

En el aire se formó una burbuja plateada que envolvió a Rosa.

—¡Miau! —maulló la gata, sorprendida.

Rosa se sentó cautelosamente, con los ojos

abiertos de par en par. La burbuja cabeceó en el aire. Iba atada a un cordel plateado. Trichi lo cogió de un extremo y se lo dio a Paula.

—Tendrás que agarrarlo con fuerza para que no se aleje flotando cuando nos sumerjamos. ¡Ahora toca hacer magia con vosotras! Sentaos, chicas.

Rita, Paula y Abril se miraron y se encogieron de hombros. Al sentarse en el hielo resbaladizo, Abril sintió un cosquilleo de emoción.

Trichi volvió a darle un toquecito al anillo.

En sirenas nos queremos transformar
para poder nadar debajo del mar.

Una nube de chispas de todos los colores salió disparada del anillo hacia las chicas. Les envolvieron los pies y fueron subiendo por todo el cuerpo. Rita, Paula y Abril notaron un hormigueo en la piel y las recorrió una sensación de calor de los pies a la cabeza. Era una sensación muy rara. De pronto, oyeron un «pum» y las chispas desaparecieron.

—¡Hala! —exclamó Rita.

¡En lugar de piernas, ahora todas tenían unas largas colas brillantes cubiertas de resplandecientes escamas! La cola de Rita era lila y morada, la de Paula era azul y plateada, y la de Abril tenía varios tonos de rosa. Hasta

Trichi, que seguía sentada sobre su hoja, tenía ahora una cola diminuta que resplandecía con tonos verde esmeralda y dorado. Todas llevaban unas bonitas camisetas de manga larga que hacían juego con los colores de su cola.

—¡Fijaos en mi cola! —dijo Abril, moviéndola de un lado a otro.

Trichi sonrió.

—¡Pues espera a ver lo bien que puedes nadar con ella! ¡Zambullíos!

El hada levantó los brazos por encima de la cabeza y saltó al agua desde su hoja. Las chicas la siguieron. Paula sujetó con fuerza el cordel atado a la burbuja de Rosa, a prueba de agua.

Las chicas movieron la cola y avanzaron a toda velocidad por el agua. ¡Ahora que eran sirenas, el mar no les parecía nada frío! Abril dio una voltereta y Rita giró y se sumergió aún más antes de volver a salir disparada hacia arriba. ¡Qué sensación tan increíble!

—¡Vamos! ¡Seguidme! —gritó Trichi,

y unas diminutas burbujas le salieron de la boca al hablar.

Las amigas siguieron bajando hacia el fondo del mar. El agua cambió de azul turquesa a

azul oscuro, pero enseguida se dieron cuenta de que podían ver con claridad. Al acercarse al fondo del mar, vieron que había jardines que rodeaban el palacio. La parte submarina del palacio parecía estar excavada en un inmenso iceberg y brillaba mágicamente en las aguas oscuras.

Los jardines del palacio estaban llenos de esponjas azules, anémonas blancas y coral blanco que se retorcía en diferentes formas. Un camino helado llevaba a un bosque de algas de color verde oscuro y un banco de peces con rayas amarillas pasó nadando a toda velocidad. Rosa se puso a dar saltitos en su burbuja para intentar alcanzar a los peces, pero se alejaron en cuanto vieron a las chicas.

Un segundo después, un pulpo plateado asomó la cabeza de una cueva, pero al ver que las chicas se le acercaban nadando salió disparado, presa del pánico, y a su paso dejó una nube de burbujas.

—Qué raro —dijo Trichi—. Es como si las criaturas que viven aquí pensasen que vamos a hacerles algo malo. ¿Por qué habrían de pensar eso?

Entonces, Abril oyó un gemido grave y fantasmal.

—¿Qué ha sido eso? —preguntó, girándose para mirar a su espalda.

—Viene de allí —contestó Paula, mirando hacia el bosque de algas. Le pasó a Rita el cordel de la burbuja de Rosa y echó a nadar hacia el bosque. Miró a través de las altas plantas y soltó un grito. ¡Aquellos llantos y gemidos eran obra de una resplandeciente cría de ballena! Tenía un color blanco azulado que no desentonaba nada con las aguas heladas que la envolvían. Sus enormes ojos verdes brillaban de tristeza.

—¡Pobrecilla! —exclamó Paula, y se acercó nadando a la ballena.

Aunque era

una cría, era mucho más grande que Paula—. ¿Qué te pasa? —le preguntó amablemente.

—¡Las sirenas del hielo han hecho que me pierda! —contestó la cría de ballena con los ojos verdes llenos de lágrimas.

Rita, Abril y Trichi también se acercaron.

—¿Qué quieres decir? —preguntó Trichi—. Las sirenas del hielo nunca se portan mal con las criaturas marinas.

—Pues estas sí —respondió la ballena con tristeza—. Les he pedido ayuda para encontrar a mi madre pero, en lugar de ayudarme, me han llevado a las cuevas profundas. ¡Mi madre no estaba allí y ahora estoy perdida! ¡Las sirenas me han mentido!

Paula la abrazó.

—Eso no ha estado bien.

—¡Además, no es propio de ellas! —dijo Trichi, visiblemente preocupada.

—Tiene pinta de que sea la foca el Animal Guardián que anda por aquí y que su magia invertida esté haciendo que las sirenas sean antipáticas en lugar de simpáticas —comentó Abril—. Tenemos que hablar con ellas para averiguar dónde se ha metido la foca.

—Y también tenemos que ayudarte a ti —le dijo Paula a la ballena—. ¿Cómo te llamas?

—Arva —contestó la ballena.

—Yo soy Paula, y estas son Rita, Abril, Trichi y mi gata Rosa. Te ayudaremos a encontrar a tu madre, Arva. Seguro que está preocupada por ti.

—Tú sabes mucho de animales, Paula —dijo Rita—. ¿Qué podemos hacer para que la madre de Arva sepa que está aquí?

Paula se quedó pensativa.

—¿Has intentado llamarla de algún modo

para que ella sepa que eres tú, Arva? Sé que las ballenas hablan entre sí sirviéndose del eco de los gritos.

—He intentado llamarla —contestó Arva—, pero no grito lo bastante fuerte.

Abril miró a Trichi.

—¿Podrías echarle una mano, Trichi? ¿Podrías hacer que la voz de Arva sonase más fuerte con tu magia?

—Creo que sí —dijo el hada—. A ver...

Le dio un golpecito a su anillo y recitó un hechizo:

Quiero que la voz de Arva se amplifique
para que su madre su grito identifique.

—¡Vuelve a intentarlo! —se apresuró a decirle Rita a la ballena.

Arva abrió la boca y volvió a emitir aquel

sonido grave. ¡Esta vez sonó tan fuerte que las chicas tuvieron que taparse los oídos!

Luego se hizo el silencio.

—¡Mamá! —dijo Arva de pronto—. ¡Estoy segura de que puedo oírla!

Las chicas no habían oído nada.

—Inténtalo de nuevo —la apremió Paula.

Arva volvió a llamar a su madre.

Las chicas se destaparon los oídos y oyeron una débil respuesta.

Arva comenzó a nadar en círculo, muy emocionada.

—¡Es ella! ¡Ha funcionado!

Pasados unos segundos, una enorme ballena resplandeciente se acercó nadando lentamente a través del bosque de algas, buscando por todas partes con nerviosismo. Trichi le dio un toquecito al anillo para que la voz de Arva recuperase su volumen habitual.

—¡Mamá! ¡Aquí estoy! —gritó Arva, y echó a nadar rápidamente hacia ella.

Su madre silbó de alegría y frotó la nariz con la de su cría.

—¡Ay, Arva! ¿Dónde te habías metido?

La cría de ballena se lo explicó.

—¡Estas sirenas me han ayudado a encontrarte! Han hecho que mi voz suene más fuerte.

La madre de Arva agachó su enorme

cabeza y pareció resplandecer aún más al sonreírles a las chicas.

—Gracias por ser tan amables con mi hija. Espero que algún día podamos devolveros el favor —dijo, y se volvió hacia su cría—. Vamos, Arva. ¡Y esta vez no te separes de mí!

Dicho esto, Arva y su madre se alejaron nadando juntas, muy contentas.

Las chicas se miraron y sonrieron. Siguieron nadando, en busca de alguna sirena del hielo con quien hablar. De pronto, Paula se dio cuenta de que el colgante en forma de corazón que Rosa llevaba en el collar despedía un suave resplandor. Vio que unas cuantas palabras comenzaban a aparecer pero, antes de poder enseñárselo a las otras chicas, Abril llegó a los muros submarinos del palacio y encontró otra puerta con una aldaba. La golpeó con fuerza.

Pasados unos segundos, la puerta se abrió y por ella se asomó una sirena. Era muy guapa y tenía una larga melena morena y una cola turquesa, pero tenía cara de enfadada.

—¡Hoy no queremos visitas! ¡Marchaos! —les espetó, y les cerró la puerta en las narices.

Abril parpadeó.

—Desde luego, no ha sido el colmo de la simpatía.

—¡Vuelve a llamar! —la apremió Trichi.

Abril le hizo caso. La puerta volvió a abrirse.

—¿Qué parte de «marchaos» no habéis

entendido? —le soltó la sirena, y se dispuso a cerrar la puerta de nuevo.

—¡Por favor, espera! —gritó Trichi—. ¡Tenemos que hablar con Lady Frida!

—¡Hoy no puede ser! —exclamó la sirena, y cerró dando un portazo.

Las chicas y Trichi se miraron entre sí y se alejaron nadando para descansar sobre el lecho marino, a una cierta distancia.

—Sabemos que la magia invertida de la Foca Guardiana es lo que hace que las sirenas sean antipáticas —dijo Rita—. Lo que no entiendo es por qué las otras criaturas de por aquí no son también antipáticas.

—Supongo que la foca habrá ido directamente al palacio —contestó Trichi—. Pero si la foca entra en contacto con las otras criaturas, ¡también se volverán antipáticas!

Paula miró, pensativa, el colgante en forma

de corazón que se balanceaba en el collar de Rosa. De pronto, se dio cuenta de que ya podía leer las palabras que habían aparecido:

Si queréis hacerme regresar...

—¡Mirad! —exclamó, y se lo enseñó a sus amigas—. En nuestra última aventura con el Perrito Guardián, cuando aparecieron todas las palabras en el colgante pudimos hacer volver al perrito. ¡Creo que, como hemos sido simpáticas con la cría de ballena, hemos hecho aparecer algunas de las palabras en este colgante!

—Tenemos que hacer que aparezcan más palabras del hechizo —añadió Rita, pensativa—. A lo mejor podríamos empezar haciendo algo por las sirenas del hielo. Puede que entonces entiendan que hemos venido para ayudarlas.

—¿Y si les cogemos unas flores marinas? —propuso Abril, y se acercó nadando a un bonito macizo de algas salpicado de flores que resplandecían como zafiros.

—¡Buena idea! —contestó Trichi—. Utilizaré mi magia para asegurarme de que vuelven a crecer más flores inmediatamente.

Las chicas cogieron un ramo de brillantes flores marinas y volvieron a las enormes puertas del palacio. Rita hizo sonar la aldaba.

Pasados unos segundos, abrió la misma sirena, pero parecía aún más enfadada que antes.

—¡Vosotras otra vez! ¡¿Qué queréis?! —gritó.

—Queríamos darle estas flores a Lady Frida... —comenzó a decir Paula, pero, antes de que le diese tiempo a acabar la frase, aquella maleducada sirena le había arrancado las flores de la mano y las había tirado al suelo.

—¡Se acabó! —gruñó la sirena del hielo—. ¡Ya estoy harta! ¡Voy a tener que obligaros a que os marchéis!

Dicho esto, echó a nadar hacia las chicas con los brazos abiertos y una mirada furibunda.

Los pinglús

Rita, Paula, Abril y Trichi subieron nadando rápidamente, perseguidas por la airada sirena. ¡Nunca habían nadado tan rápido! La sirena salió a la superficie algo alejada de ellas y amenazó a las amigas blandiendo el puño.

—¡No os acerquéis por aquí! —les espetó antes de volver a sumergirse.

—Uf, ¡menos mal que no nos ha atrapado! —dijo Paula jadeando mientras la burbuja de Rosa emergía a su lado. ¡A la gata parecía haberle gustado la carrera submarina!—. Desde luego, nuestro plan no ha funcionado.

Las chicas contemplaron los muros del palacio de hielo, que brillaban bajo el cielo azul. La tierra nevada se extendía en todas direcciones.

Entonces, Rita oyó un graznido a su izquierda y se giró.

—¡Hala! —exclamó—. ¡Fijaos en eso!

Un gigantesco témpano de hielo iba flotando por el mar. Estaba lleno de unas aves que parecían pingüinos, solo que, en lugar de ser blancos y negros, eran de todos los colores del arcoíris. Tenían unas grandes cejas muy pobladas, unos picos a rayas y unas plumas brillantes. Caminaban bamboleándose y se llamaban los unos a los otros. «¡Pinglú!», gritaban. «¡Pinglú!». En el centro del témpano había unos cuantos iglús de colores chillones que, obviamente, servían de casa a aquellas aves. No paraban de entrar y salir de los iglús y de llamarse entre sí.

—¿Qué clase de aves son? —preguntó Paula, asombrada.

—Son pinglús —contestó Trichi—. Se llaman así por el sonido que hacen. Viven en témpanos de hielo en los Mares Nevados.

—¿Usan remos? —preguntó Abril sin quitarles el ojo: un grupo de pinglús llevaba unos largos remos que utilizaban para que el témpano de hielo avanzase por el agua.

—Así es como se desplazan —dijo Trichi—. No se les da muy bien nadar.

—¡También tienen polluelos! —exclamó Rita al ver a una mamá pinglú con dos polluelos que caminaban bamboleándose junto a ella. Tenían un plumaje mucho más suave y esponjoso que los adultos.

Paula vio que uno de los polluelos se acercaba demasiado al borde.

—¡Ay, no! —dijo, muy nerviosa—. Creo que se va a... a...

¡SPLASH! El polluelo se cayó al agua. Su madre comenzó a dar saltos y a batir las aletas mientras graznaba.

—¡Pinglúúú! —chilló—. ¡Pinglúúú!

El polluelo cabeceaba en el agua, intentando mantenerse a flote.

—¡Tenemos que salvarlo! —dijo Rita.

Movió la cola y echó a nadar hacia el pobre polluelo. Lo cogió con las manos y lo depositó suavemente sobre el témpano de hielo.

—¡Pinglú! ¡Gracias! ¡Pinglú! —graznó la madre.

Un grupo de pinglús se agolpó a su alrededor. Todos se pusieron a dar saltos y a gritar «¡pinglú!» en señal de agradecimiento.

Paula, Abril y Trichi llegaron a donde

estaba Rita. Rosa no paraba de maullar en su burbuja. ¡Estaba deseando salir para conocer a aquellas aves!

Uno de los pinglús se abrió paso entre la multitud. Era un poco más alto que los demás y tenía las cejas aún más pobladas. Llevaba una corona dorada sobre la cabeza y una capa calentita sobre los hombros. Entrechocó las aletas y los otros pinglús se quedaron callados.

—¡Soy el rey de los pinglús! —declaró—. Gracias, amables desconocidas, por salvar a nuestro polluelo. ¿Puedo preguntaros quiénes sois? Tenéis cola, pero me parece que no sois sirenas del hielo.

—Paula, Rita y Abril son humanas —explicó Trichi mientras hacía una reverencia ante el rey de los pinglús—. Son Amigas Muy Importantes del rey Félix. Yo soy Trichibelle, un hada real.

—¡Pinglúúú! —graznó el rey, muy contento—. Me alegro de conoceros a todas —añadió, meneando la cabeza—. Y ahora, por favor, acompañadnos —dijo, haciendo un gesto con una de sus aletas.

—¡Pinglú! —exclamaron las otras aves calurosamente. Las chicas se sentaron en el borde del témpano de hielo y Paula sacó del agua la burbuja de Rosa, pero ahora que tenían cola no podían moverse con facilidad. Las aves se agolparon a su alrededor y las acariciaron con el pico.

—Tal vez sea un buen momento para dejar de ser sirenas —les dijo Trichi a las chicas con una sonrisa, y le dio un toquecito al anillo.

Los pinglús graznaron sorprendidos y retrocedieron cuando las chispas salieron del anillo y envolvieron a las chicas. Una sensación cálida recorrió a las chicas de la cabeza a los pies y, de pronto, volvieron a

la normalidad y vieron que de nuevo llevaban ropa de abrigo. Trichi silbó muy fuerte y su hoja mágica apareció junto a ella.

La burbuja de Rosa se pinchó con un «pum» y la gata miró a los pinglús como si no pudiese creer lo que estaba viendo.

Las chicas se pusieron en pie. Les temblaban un poco las piernas, pero se alegraron de poder andar de nuevo.

—¿A qué habéis venido? —preguntó el rey de los pinglús.

—Estamos intentando encontrar a la Foca Guardiana: es la guardiana mágica de la simpatía en Secret Kingdom —explicó Trichi—. Queríamos hablar con las sirenas del hielo para preguntarles si la habían visto, pero no nos dejan entrar en el palacio.

El rey, apenado, negó con la cabeza.

—No sabemos qué les ha pasado a las

sirenas del hielo. Normalmente son muy simpáticas. Suelen traernos cosas ricas para comer y nos ayudan a enseñarles a nadar a nuestros polluelos, pero ahora no quieren ayudarnos.

—Es porque la magia de la foca se ha invertido. ¡Todo aquel que se cruza con ella se vuelve antipático, en lugar de simpático! —dijo Paula—. ¿No habréis visto a una pequeña cría de foca blanca nadando por ahí?

Todos los pinglús negaron con la cabeza.

—La foca no ha debido de acercarse al témpano de hielo —reflexionó Abril—. Los pinglús no se comportan de manera antipática.

¡SPLASH!

—¡Pinglú! —gritó una mamá pinglú junto al borde del témpano de hielo. ¡Otro polluelo se había caído!

Rita, Paula y Abril se acercaron corriendo. El polluelo estaba batiendo las aletas en el agua y tenía los ojos abiertos de par en par por el miedo. Abril se arrodilló e intentó alcanzar al polluelo, pero estaba demasiado lejos. ¡Si hubiese seguido teniendo la cola, habría saltado al agua helada!

—¡Agárrate a mí, Rita! —dijo, desesperada—. Rita agarró a Abril por la cintura. Abril se estiró más y más y logró coger en brazos al polluelo pasado por agua—. No te preocupes, estás a salvo —añadió para tranquilizarlo, y lo depositó sobre el hielo. Su madre se acercó corriendo, muy agradecida. ¡Pero, inmediatamente, otro polluelo cayó al agua!

Paula, muy nerviosa, vio cómo Rita y Abril lo pescaban del agua. ¿Qué iban a hacer? No podían quedarse con los pinglús, tenían que encontrar a la Foca Guardiana. Pero, si se iban, muchos más polluelos caerían al mar.

—¿Qué podemos hacer? —le preguntó a Rosa.

La gata restregó la cabeza contra la mejilla de Paula y los colgantes del collar tintinearon. Paula vio que el colgante en forma de corazón de la foca brillaba débilmente y reparó en que había más palabras:

*Si queréis hacerme regresar
de donde me pueda...*

—¡Rita! ¡Abril! —gritó cuando sacaron del agua al tercer polluelo—. ¡Han aparecido más palabras en el colgante! Si logramos descifrar el resto del hechizo de la Foca Guardiana, podremos hacer que vuelva.

—Es verdad —contestó Abril con una sonrisa de oreja a oreja—. ¡Solo tenemos que seguir siendo simpáticas!

—¿Y si ayudamos a los pinglús a cuidar de sus polluelos? —propuso Rita—. ¡Podríamos construirles un parquecito!

—Y yo podría hacer que apareciesen unos cuantos peces por arte de magia. Si las sirenas han decidido no ayudarles a encontrar comida, deben de tener hambre —añadió Trichi.

Abril se giró hacia el rey, que estaba escuchándolas con la cabeza ladeada.

—¿Le parece bien, majestad?

—Me parece muy amable por vuestra parte —contestó el rey—. ¡Pinglúúúúúú!

Paula comenzó a reunir a los polluelos mientras Abril y Rita se ponían a construir un parquecito con hielo y nieve. Hasta Rosa intentó ayudarlas persiguiendo a los polluelos que se le escapaban a Paula y se acercaban peligrosamente al borde del témpano. Entretanto, Trichi le dio un toquecito al anillo e hizo aparecer un montón de peces para que se los comiesen los pinglús.

Todos los pinglús graznaron de alegría y se pusieron a dar saltos mientras gritaban «¡PINGLÚÚÚ!».

Cuando Abril y Rita terminaron el

parquecito de los pinglús, Paula revisó el colgante que Rosa llevaba en el collar.

—¡Han aparecido más palabras! —exclamó.

Si queréis hacerme regresar
de donde me pueda encontrar,
saltad alto...

No pudo leer más, porque las palabras desaparecieron a mitad de frase.

—Bueno, sabemos que tenemos que saltar alto —dijo Paula. Dio unos cuantos saltos, pero no sucedió nada.

—Tendremos que hacer más cosas buenas para que aparezca el resto del hechizo —contestó Abril.

—¡Oh, no! —gritó Rita. Estaba junto al borde del témpano de hielo, mirando en dirección al mar—. ¡Mirad todos!

Paula y Abril miraron fijamente. Un yate espeluznante con velas negras había aparecido en el horizonte y navegaba rápidamente hacia ellas. Al acercarse, en la proa distinguieron la figura de una mujer alta, delgada, morena y con el pelo crespo. Estaba blandiendo un báculo y los ojos le brillaban de pura maldad.

—¡Es la reina Malicia! —exclamó Paula.

¡Crac!

—¿Qué hace aquí la reina Malicia? —preguntó Trichi.

—¡No lo sé, pero su yate va directo hacia el palacio de Lady Frida! —contestó Abril.

Los Duendes de la Tormenta que pilotaban el yate batieron sus alas de murciélago y aullaron de alegría al ver que el yate ganaba velocidad.

—¡Pinglúúúúúú! —graznaron todos los pinglús, visiblemente nerviosos.

—¡Va a estrellarse contra el palacio de las sirenas del hielo! —gritó Rita.

—¿Y si hay alguna sirena cerca y la aplasta o le hace daño? —preguntó Paula, preocupada, abrazando a Rosa.

—Tenemos que avisar a Lady Frida —dijo Abril, y se acercó corriendo al rey—. Majestad, ¿puede hacer el favor de llevar el témpano de hielo hacia la orilla para que podamos avisar a las sirenas del peligro que corren?

El rey asintió con la cabeza.

—Por supuesto. ¡PINGLÚÚÚ! —les graznó a los otros pinglús.

Las aves echaron a correr hacia el borde del témpano de hielo y cogieron los remos. En un santiamén, el témpano ya surcaba el agua como una balsa gigante. Cada una de las chicas cogió un remo y se puso a bogar por las aguas heladas con todas sus fuerzas. Enseguida llegaron al iceberg.

—¡Pinglú, pinglú, PINGLÚ! —entonaron los pinglús al hacer girar el témpano con mucha pericia, hasta que se detuvo ante la tierra helada. Las chicas bajaron de un salto.

—¡Gracias! —exclamó Abril—. ¡Ha sido un placer conoceros!

Las chicas corrieron por la nieve mientras sus pies resbalaban. Trichi iba volando en su hoja por delante del grupo. A Paula le costaba correr con Rosa en brazos, pero hacía lo que podía. ¡Tenían que avisar a las sirenas! El yate de la reina Malicia estaba cada vez más cerca de los muros del resplandeciente palacio de hielo.

Cuando las chicas llegaron ante la puerta, Trichi le dio un golpecito a su anillo y recitó un hechizo:

Cerradura, ábrete. Retírate, pestillo,
¡que tenemos que entrar en el castillo!

Unas chispas se estrellaron contra la puerta y la abrieron de par en par. Las chicas entraron trastabillando y llegaron a un enorme salón. Sobre una plataforma elevada había un trono plateado y casi todo el suelo lo ocupaba una piscina con paredes de mosaico. Rodeando todo el salón, había unas pesadas cortinas que impedían que entrase la luz del exterior. Una hermosa sirena estaba sentada en el trono. Tenía una larga melena rubia que llevaba recogida por una diadema de diamantes y su cola era verde y resplandeciente. En la piscina había otras sirenas —no todas eran chicas: también había algunos chicos— y todos tenían largas colas centelleantes. Sin embargo, ninguno parecía muy contento. Estaban cruzados de brazos y no hablaban entre sí. La sirena del trono tenía el ceño fruncido.

—¿Quiénes sois? —les espetó a las chicas, enfadada, cuando estas se detuvieron—. ¿Cómo os atrevéis a irrumpir en mi palacio?

—¡Lady Frida! Soy yo, Trichi. El hada real del rey Félix —dijo Trichi, que voló hacia ella e hizo una reverencia.

Lady Frida volvió a fruncir el ceño y le hizo un gesto desdeñoso con la mano.

—Lárgate, pequeña criatura tonta. No me apetece recibir visitas.

Abril echó a correr hacia ella. La reina parecía muy enfadada, pero lo que tenían que decirle era urgente.

—Majestad, no hemos venido de visita: queríamos advertirle de la llegada de la reina

Malicia. ¡Viene hacia el palacio en un yate enorme!

Lady Frida pareció asustarse.

—¿La reina Malicia viene hacia aquí? ¿Para qué?

—No lo sabemos —dijo Abril—. Pero ¡teníamos que contárselo!

—¡Abrid las cortinas! —ordenó Lady Frida. Se zambulló en la piscina y nadó hasta la ventana—. ¡Quiero verla!

Una de las sirenas tiró de un cordón dorado. Las cortinas se retiraron y aparecieron una enorme ventana y un balcón desde donde se podía disfrutar de una vista impresionante del mar. Todas las sirenas gritaron al ver que el yate de la reina Malicia surcaba las olas a toda velocidad hacia ellas.

Rita, Paula y Abril corrieron hasta la ventana y la abrieron. El yate ya estaba muy cerca y las chicas vieron que los Duendes de la Tormenta, tan bobos como siempre, habían perdido el control por completo. ¡El duende que manejaba el timón se estaba tapando la cara con las manos!

La reina Malicia ya no se reía. Parecía preocupada.

—¡Más despacio, estúpidos! —les gritó a los Duendes de la Tormenta—. ¡Vamos a estrellarnos! —añadió, y comenzó a retroceder hacia la popa del yate—. ¡MÁS DESPACIO!

¡CRAC!

Todo el palacio tembló cuando el yate se estrelló contra sus muros helados y se quedó clavado en el hielo. Rita, Paula y Abril se abrazaron cuando el hielo que las rodeaba crujió y se agrietó.

Los Duendes de la Tormenta tuvieron que agarrarse a velas y pasamanos para no caer por la borda del yate. La reina Malicia, que se había caído de culo, se levantó a duras penas. Estaba muy furiosa.

—¡Idiotas, tenéis el cerebro blando como la nieve! ¡Habéis estado a punto de destrozar el Yate del Trueno y de hacer que me ahogara! —Blandió el báculo para amenazar a los duendes y estos se encogieron de miedo.— ¡Estúpidos!

La reina Malicia se apartó la mata de pelo negro de la cara y avanzó, indignada, hacia la proa del yate. Levantó la vista y vio a las chicas asomadas a la ventana.

—¡Vosotras! —dijo entre dientes, apuntándolas con el báculo—. Siempre tenéis que meter las narices, ¿eh? Muy bien, pues he venido a impediros que encontréis a la Foca Guardiana. ¡Quiero que en este reino todo el mundo sea antipático y desagradable!

—¡No te lo permitiremos! —exclamó Abril, muy enfadada.

—¡Ni lo sueñes! —gritó Rita.

—¿De verdad? —replicó la reina en tono burlón—. Eso ya lo veremos. —Las apuntó con el báculo y comenzó a recitar un hechizo.

Con magia oscura os maldigo...

—¡ARG! —gritó de repente.

Una ballena resplandeciente salió del mar

de un salto y la llenó de agua antes de volver a zambullirse ruidosamente. La reina Malicia gritó, furiosa, mientras el agua chorreaba por su nariz aguileña y su barbilla.

—¿Esa era Arva? —preguntó Paula.

Rita asintió con la cabeza.

—¡Creo que sí!

A continuación, otra asombrosa ballena resplandeciente salió del agua de un salto... ¡pero esta era enorme!

—¡Es la madre de Arva! —exclamó Abril.

La mamá ballena saltó por encima del Yate del Trueno y volvió a zambullirse en el agua.

Una inmensa ola cayó sobre los Duendes de la Tormenta y la reina Malicia. La ola tenía tanta fuerza que logró liberar la embarcación del hielo. El yate cabeceó hacia atrás y se alejó del palacio. Al hacerlo, la reina volvió a caer sobre la cubierta.

Las chicas y las sirenas empezaron a reírse.

La reina Malicia logró incorporarse de nuevo agarrándose a la borda del yate. ¡Estaba empapada!

—¡Lo lamentaréis! —bramó.

Comenzó a levantar el báculo, pero en ese momento una bola de nieve llegó volando por el aire desde la derecha y le golpeó en toda la cabeza. Luego llegó otra, y luego otra más. ¡La reina Malicia tuvo que ponerse a bailar y a agacharse para esquivar las bolas de nieve!

—¡Son los pinglús! —exclamó Rita.

Los pinglús estaban dando saltitos sobre su témpano de hielo, cogiendo nieve con las aletas y lanzando bolas para bombardear a la reina y a los Duendes de la Tormenta. ¡Hasta los polluelos se habían animado!

—¡Au! —gritaron los Duendes de la Tormenta.

—¡Mis alas!

—¡Mi cabeza!

—¡Mi culo!

—¡PINGLÚÚÚÚÚÚ! —graznaron los pinglús, y lanzaron aún más bolas contra el yate.

La reina Malicia intentó parar las bolas de nieve con el báculo.

—¡Arg! —les gritó a los Duendes de la Tormenta—. ¡Tenemos que retirarnos a una distancia prudencial!

Los Duendes de la Tormenta dieron marcha atrás con el yate y la embarcación comenzó a alejarse. Los pinglús gritaron y aplaudieron y las dos ballenas asomaron la cabeza para soltar agua por sus orificios nasales en señal de triunfo.

—¡Gracias! —les gritó Paula a los pinglús y a las ballenas.

—¡De nada! —bramó la madre de Arva—. ¡Antes os habéis portado muy bien con nosotras!

—¿Y qué pasa con los muros del palacio? —preguntó Abril—. La reina Malicia ha ocasionado grandes destrozos.

Se asomó al balcón para ver más de cerca los destrozos que había ocasionado el barco. De pronto, un sonoro rugido retumbó en las llanuras nevadas. Abril se giró y vio la inmensa figura de un gigante de hielo que caminaba pesadamente hacia el palacio. Con sus enormes zancadas avanzaba rápidamente. ¡Y parecía muy enfadado!

«¡Oh, no!», pensó Abril, y contuvo la respiración. Aunque habían derrotado a la reina Malicia, parecía que iban a tener que enfrentarse a otro peligro.

Nos echan una mano

—¡Que viene el gigante de hielo! —gritó Abril.

—¡A lo mejor la Foca Guardiana también se ha acercado a él y ha hecho que se vuelva malo! —dijo Rita, horrorizada—. Trichi, ¿puedes hacer algo para calmarlo? —preguntó, desesperada.

—Es demasiado fuerte para detenerlo con mi magia —contestó Trichi—. ¿Qué podemos hacer?

Paula se apresuró a salir al balcón, donde ya estaba Abril.

—¡Está muy cerca!

¡Ya podía oírlo rugir! Pero ¿qué decía? Paula intentó entender sus palabras.

—TE ATRAPARÉ...

Paula tragó saliva. ¡Eso no había sonado nada bien!

—¡TE DARÉ UNA LECCIÓN QUE NO OLVIDARÁS, REINA MALICIA!

«¿Reina Malicia?». Paula parpadeó. ¿Había oído bien? El gigante volvió a rugir.

—¿CÓMO TE ATREVES A DESTROZAR EL PALACIO DE MI AMIGA?

Paula respiró aliviada. ¡El gigante de hielo no estaba enfadado con ellas, sino con la reina Malicia!

El yate de la reina Malicia se había detenido a una cierta distancia del palacio, pero enseguida se alejó a toda velocidad al ver que se acercaba el gigante de hielo. ¡La cobarde de la reina no era lo bastante valiente para enfrentarse a él!

Lady Frida levantó los brazos.

—¡Gente que chilla! ¡Gente que estrella yates contra mi palacio! ¡Gente que entra sin que yo lo desee! ¡Ya estoy harta! —gritó enfadada, y se zambulló en las aguas oscuras que rodeaban el palacio. Las otras sirenas la siguieron, enfurruñadas.

—Vamos a ver al gigante de hielo —dijo Rita.

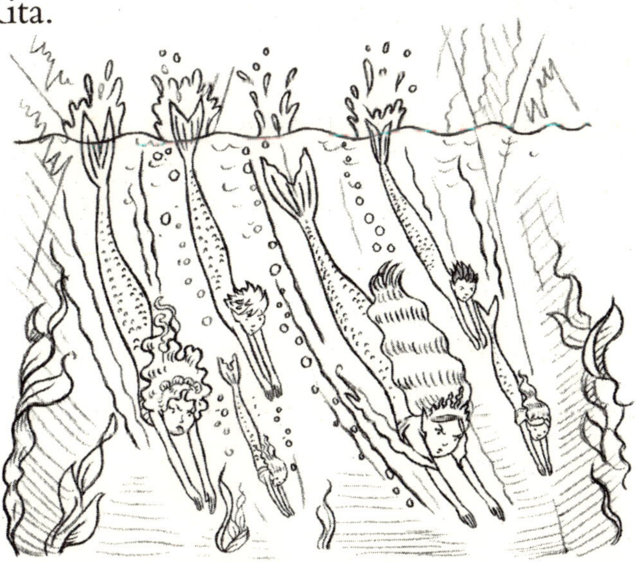

Trichi y las tres chicas abandonaron corriendo el palacio y salieron a las llanuras heladas. El gigante de hielo se había detenido junto a la orilla y estaba blandiendo su cachiporra. ¡Era increíblemente grande!

—¿Qué pasa aquí? —bramó el gigante de hielo—. He visto que la reina Malicia estrellaba su Yate del Trueno contra el palacio de Lady Frida. ¿Dónde está ahora?

—Se ha marchado —contestó Rita—. Los pinglús y las ballenas nos han ayudado a ahuyentarla.

Los pinglús se pusieron a dar saltos sobre el témpano de hielo y las ballenas, muy contentas, expulsaron agua por los orificios nasales.

—Luego, la reina Malicia te ha visto venir y ha huido —añadió Abril.

El gigante de hielo frunció el ceño.

—¿Dónde está mi amiga, Lady Frida?

—Se ha sumergido con las otras sirenas del hielo —dijo Rita—. Me temo que hoy no está muy simpática.

—Toda la culpa la tiene la reina Malicia —añadió Abril—. Todo empezó en el palacio del rey Félix. —Le explicó al gigante en qué consistía la maldición que la reina Malicia había lanzado contra los Animales Guardianes—. Vamos a encontrarlos y a romper la maldición.

—Y por eso Lady Frida no se comporta como es habitual en ella —dijo Paula—. La Foca Guardiana ha hecho que todas las sirenas se vuelvan antipáticas.

—Pobre Lady Frida —contestó el gigante de hielo, negando con la cabeza—. Y su palacio también ha quedado destrozado. A ver si puedo arreglarlo.

—¡Eso sería estupendo! —exclamó Abril, muy contenta—. Nosotras podemos ayudarte.

—¡Y nosotros! —graznaron los pinglús. Bajaron de un salto del témpano de hielo y caminaron bamboleándose hacia las chicas.

El gigante de hielo trepó hábilmente por un lado del palacio y comenzó a tocar las paredes destrozadas con sus enormes manos. Allí donde tocaba, aparecía hielo de nuevo, capa sobre capa, que reparaba los destrozos. Muy pronto, las paredes volvieron a resplandecer al darles la luz del sol.

Entretanto, las chicas y los pinglús se afanaban en recoger los trozos de hielo que había diseminados sobre la nieve que rodeaba el palacio. Cuando hubieron acabado, los echaron todos al agua. A lo lejos, las sirenas emergieron y vieron lo que estaba pasando.

Cuando todos los trozos de hielo

desaparecieron, los pinglús alisaron la nieve con las aletas. ¡Hasta Rosa les ayudó alisándola con el rabo!

—¡Hemos terminado! —dijo el gigante de hielo, y retrocedió un poco para contemplar los muros del palacio, que ahora volvían a brillar.

—¡Hemos arreglado todos los destrozos! —exclamó Rita, y abrazó a Abril.

—Hemos hecho más que eso —aseguró Paula, y se agachó junto a Rosa—. ¡Mirad! —añadió, y soltó el colgante del collar de Rosa—. ¡Ha aparecido todo el hechizo! —Lo leyó en voz alta:

Si queréis hacerme regresar
de donde me pueda encontrar,
saltad alto, las manos os debéis dar
y decir mi nombre al aterrizar.

—¿A qué esperamos? —preguntó Rita con una sonrisa.

Paula dejó a Rosa en el suelo y les dio la mano a Rita y a Abril.

—¡Una, dos y tres! —exclamó Abril.

Todas se elevaron de un salto y, en cuanto sus pies volvieron a tocar el suelo, gritaron:

—¡Foca Guardiana!

Vieron un fogonazo y, de pronto, una pequeña foca blanca apareció sobre el hielo. Tenía el pelo suave y esponjoso y unos grandes ojos negros. Movió los bigotes al mirarlas y entonces vio el colgante en las manos de Paula. Avanzó por la nieve emitiendo un triste sonido que recordaba a un bocinazo.

Se detuvo y miró esperanzada a Paula mientras le temblaban los largos bigotes.

Paula comprendió inmediatamente qué era lo que quería.

—Sí, claro que puedo devolvértelo.

Se agachó y prendió el colgante del collar de la foca. Se produjo un brillante fogonazo plateado y la foca dio una voltereta de alegría, luego se incorporó sobre la cola y entrechocó las aletas. ¡Parecía mucho más contenta!

Se acercó a Paula, Abril y Rita y les dio un abrazo de foca a cada una. ¡Y hasta el gigante de hielo recibió un ruidoso beso de foca!

Las chicas se sintieron muy arropadas y contentas. Abril se acercó corriendo a Rita y a Paula para darles un abrazo.

—¡Sois las dos mejores amigas del mundo!

—¡Lo mismo digo! —contestó Rita con un brillo en la mirada.

—Cuánto me alegro de que hayamos roto el hechizo —dijo Paula.

Rosa restregó la cabeza contra la mejilla de Paula y ronroneó para manifestar que estaba de acuerdo.

—¡Amigas! —dijo una voz plateada procedente del agua. Era Lady Frida, que se acercó nadando hasta donde estaban y las miró con preocupación—. Muchas gracias por reparar los destrozos ocasionados en mi palacio. —Las otras sirenas se le sumaron y asintieron con la cabeza.— No sé qué es lo que nos ha pasado —prosiguió Lady Frida, que parecía nerviosa y avergonzada—. Sé que nos hemos portado fatal con todo el mundo. Lo lamento mucho.

—Por favor, no os sintáis mal —contestó Abril—. Todo ha sido por culpa del hechizo de la reina Malicia. —Enseguida explicó qué era lo que había pasado.

Lady Frida dio un grito de asombro.

—¡Qué horror! —Miró a su alrededor.— Siento mucho que nos hayamos portado tan mal —añadió, mirando a los pinglús y a las ballenas. Las otras sirenas también se disculparon, acariciaron a Arva y abrazaron a los pinglús.

—Al menos ya volvéis a ser normales —dijo Rita—. ¡Igual que la Foca Guardiana!

La foca blanca gritó ruidosamente, les dedicó una amplia sonrisa y luego, después de despedirse moviendo la aleta, se zambulló en el agua.

—Ahora repartirá simpatía por todo Secret Kingdom —dijo Trichi, muy contenta—. La maldición que le había lanzado la reina Malicia se ha roto.

—¡Esto se merece una celebración! —exclamó Lady Frida—. ¡Voy a organizar una merienda de sirenas sobre las rocas para todo el mundo!

La merienda fue increíble. Las sirenas sacaron enormes bandejas de comida del castillo y las dejaron sobre la nieve, donde las chicas habían dispuesto mantas de suaves algas.

Había galletas heladas con forma de delfín, grandes cuencos de helado multicolor en el que cada franja era de un sabor diferente, jarras de ponche de fruta con hielo y estrellas de mar hechas de azúcar. En el centro había una tarta de helado de diez pisos con una sirena de azúcar en todo lo alto. Con su cachiporra, el gigante de hielo hizo un maravilloso tobogán helado para que jugasen las chicas y los pinglús, y Trichi hizo aparecer un montón de delicias de pescado para Rosa y los pinglús... ¡y unas delicias de pescado extragrandes para las ballenas!

Enseguida se pusieron a comer, a charlar, a reírse y a jugar. Después, las sirenas y las ballenas jugaron a pillapilla en el mar mientras las chicas y los pinglús bajaban a toda velocidad por el tobogán de hielo. Rosa se puso a jugar cuidadosamente con los polluelos de los pinglús: dejó que se le subiesen por encima y la persiguiesen por sus iglús. ¡Fue la merienda más maravillosa a la que habían asistido nunca las chicas!

Al final, llegó el momento de que las chicas volviesen a su mundo.

—Os enviaremos otro mensaje en cuanto averigüemos dónde están los otros Guardianes —dijo Trichi—. ¡Gracias y hasta muy pronto!

—¡Adiós a todos! —exclamaron Rita, Paula y Abril al unísono.

Trichi le dio un toquecito al anillo y las chicas salieron volando y dieron vueltas y más vueltas hasta que aterrizaron sanas y salvas en la habitación de Paula. Esta miró el reloj. Como era habitual, durante su ausencia, no había pasado el tiempo en el mundo real. Aún podía oír a sus hermanos jugando en los columpios del jardín. ¡Qué raro se le hacía volver a su acogedora habitación después de haber estado rodeada de hielo y nieve!

—¡Hala! —exclamó Abril pasándose una mano por el pelo—. ¡Menuda aventura!

Rosa se sacudió y se subió de un salto a la

cama de Paula. Se hizo un ovillo y bostezó mientras movía el rabo.

—Me pregunto si esta noche soñará con pinglús —dijo Paula, sonriente.

Rita se puso en pie de un salto.

—Yo no estoy nada cansada.

—Ni yo —contestó Abril—. De hecho, ¡ya estoy lista para otra aventura!

Paula se echó a reír y cogió del brazo a sus amigas.

—¡Siempre estaremos listas para otra aventura en Secret Kingdom!

En la próxima aventura de Secret Kingdom, Rita, Paula y Abril deben encontrar

El Ave de Purpurina

Aquí tienes una pequeña muestra...

Un Mensaje de Trichi

—¿Estáis listas? —preguntó Abril Pianola.

—¡Claro! —contestaron a coro sus mejores amigas, Rita Miró y Paula Costa.

Estaban disfrutando de las vacaciones de mitad de trimestre y las tres se encontraban en la habitación de Paula. Abril había traído un DVD, *Animales acróbatas*, para que lo viesen, porque estaba lloviendo mucho y no podían jugar fuera.

—Pues allá vamos —dijo Abril, apartándose su larga melena morena por encima del hombro. Apretó el botón de *Play* en el reproductor de DVD y se sentó en la cama de Paula.

—Me encanta esta película, es superdivertida. Sobre todo la parte en la que las crías de búho aprenden a volar.

Paula sonrió con ojos soñadores y acarició a su preciosa gatita negra, Rosa, que estaba hecha un ovillo a su lado sobre la cama.

—Me encanta cuando tenemos ocasión de volar en Secret Kingdom. ¡Me lo paso genial!

Rita arrugó la nariz.

—Pues yo no —contestó—. ¡Yo prefiero quedarme en tierra, gracias! Lo que sí me encanta es viajar a Secret Kingdom —añadió sonriendo, y sintió una oleada de emoción al pensar en el increíble secreto que las tres compartían.

Las chicas cuidaban de una caja mágica que podía llevárselas volando a una maravillosa tierra encantada, llena de sirenas, unicornios y otras criaturas increíbles. Paula, Abril y Rita eran Amigas Muy Importantes de aquel reino mágico, y viajaban hasta allí cada vez que el afable rey Félix necesitaba ayuda para salvar el reino de su malvada hermana, la reina Malicia.

Rita se arrodilló junto a la cama y le hizo cosquillas a Rosa. La gatita ronroneó, se dio media vuelta y jugueteó con los dedos de Rita. Aquel movimiento hizo que tintineasen los dos colgantes dorados que llevaba en el collar. Uno tenía forma de flor, y el otro de corona.

—Ojalá pudiésemos volver ahora a Secret Kingdom —dijo Rita, tocando los colgantes con suavidad—. Tenemos que devolverles estos colgantes a los dos últimos Animales Guardianes.

Unos días antes, el rey Félix había hecho salir a los cuatro Animales Guardianes de su escudo con un antiguo hechizo. Aquellas criaturas mágicas —un perrito, una foca, un ave y un león— salían del escudo una vez cada cien años y recorrían Secret Kingdom durante una semana repartiendo diversión, simpatía, amistad y valentía por todo el reino. Pero la malvada reina Malicia había lanzado un horrible hechizo y ahora repartían justo lo contrario allí a donde iban: tristeza, mezquindad, enemistad y cobardía.

—Seguro que Trichi nos envía un mensaje pronto —dijo Paula.

Su amiga Trichibelle era un hada real: trabajaba para el rey Félix y se servía de la Caja Mágica para ponerse en contacto con las chicas siempre que necesitaba su ayuda en Secret Kingdom.

Las chicas habían pasado buena parte de sus vacaciones en casa de Paula, porque necesitaban llevarse a Rosa en su siguiente viaje al reino.

En su primera aventura con el Perrito Guardián, Paula, Rita y Abril habían prendido los cuatro colgantes de los Animales Guardianes del collar de Rosa para guardarlos a buen recaudo. Cuando lograsen devolver los colgantes a cada uno de los Animales Guardianes, el hechizo de la reina Malicia se rompería.

Lee

El Ave de Purpurina

para saber cómo sigue...

Comparte el secreto
Colecciónalos

Primera serie

Paula, Rita y Abril descubren Secret Kingdom y viven apasionantes aventuras llenas de magia.

Disfruta de estas increíbles *aventuras*

Segunda serie

La reina Malicia lanza un hechizo para convertir al rey Félix en un sapo. Paula, Rita y Abril tienen que encontrar seis ingredientes para salvarle.

¡Aún hay más cosas para descubrir!

Tercera serie

La reina Malicia ha hecho salir de un libro de cuentos de Paula a seis malvados personajes y los ha enviado a Secret Kingdom.

Especiales
Secret Kingdom

Colecciónalos